Annette Roeder

DIE KRUMPFLINGE

Egon schwänzt die Schule

Annette Roeder

DIE KRUMPFLINGE

Egon schwänzt die Schule

Band 3

Mit Illustrationen von
Barbara Korthues

cbj

Weitere Abenteuer von Egon Krumpfling und seinem Freund Albi Artich hat die Autorin Annette Roeder hier erzählt:
Die Krumpflinge – Egon zieht ein! (ISBN 978-3-570-15858-6)
Die Krumpflinge – Egon wird erwischt! (ISBN 978-3-570-15859-3)
Die Krumpflinge – Egon taucht ab! (ISBN 978-3-570-17123-3)
Die Krumpflinge – Egon rettet die Krumpfburg (ISBN 978-3-570-17262-9)
Die Krumpflinge – Egon wird großer Bruder (ISBN 978-3-570-17284-1)
Die Krumpflinge – Egon wünscht krumpfschöne Weihnachten (ISBN (978-3-570-17344-2)
Die Krumpflinge – Egon macht Ferien (ISBN 978-3-570-17395-4)
Die Krumpflinge – Egon spukt in der Schule (ISBN 978-3-570-17477-7)
Die Krumpflinge – Ein Freund wie Egon (ISBN 978-3-570-17526-2)
Die Krumpflinge – Egon feiert Geburtstag (ISBN 978-3-570-17598-9)

MIX
Papier | Fördert gute Waldnutzung
FSC® C043106

Penguin Random House Verlagsgruppe
FSC® N001967

5. Auflage

Vermittelt durch die Literarische Agentur Barbara Küper
Umschlag und Innenillustrationen: Barbara Korthues
Serienlogo: Barbara Korthues
Lektorat: Hjördis Fremgen
hf · Herstellung: AJ
Satz und Reproduktion: Lorenz+Zeller GmbH, Inning a. A.
Druck: Grafisches Centrum Cuno GmbH & Co. KG, Calbe
ISBN 978-3-570-17090-8
Printed in Germany

www.cbj-verlag.de

Inhaltsverzeichnis

Aus Albis Freundebuch

Vorname: Egon

Nachname: Krumpfling

Haare: babyspinatgrün und überall am Körper

Augen: glupschig

Größe: 17,3 cm, wenn ich mich strecke

Besondere Merkmale: herzförmiger Fleck rechts auf der Brust

Das bin ich:

ganz schön, gell?!

Familie: ungefähr 49 Krumpflinge, wir sind alle miteinander verwandt

Ich wohne: Krumpfburg Nr. 22, in der roten Kindergießkanne mit den weißen Punkten (der Skistiefel wär mir lieber)

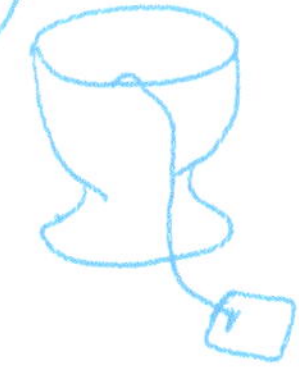

Alter: weiß ich nicht, aber ich bin der Jüngste der Krumpfling-Sippe

Lieblingsessen: Schimmelpilze mit Semmel-Knödeln

Lieblingsgetränk: Frisch gebrühter Krumpftee (am gernsten den aus Albis Schimpfwörtern)

Was mir gar nicht schmeckt: lol-Brause, bäh, da muss ich pupsen

Meine Hobbys: andere ärgern (aber so, dass sie nicht weinen müssen), schlafen, Teelöffel-Hockey spielen

Was ich einmal werden möchte: Dieb oder Ganove

Wovor ich Angst habe: Hunde und manchmal Oma Krumpfling

Meine besten Freunde: Albert Artich und sonst Keiner

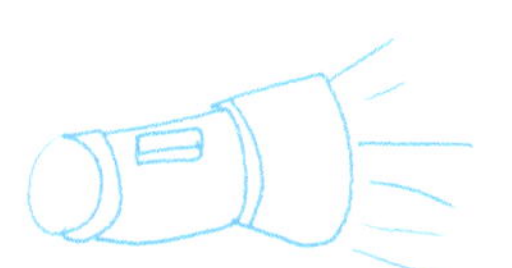

In der Krumpflingschule

Es war ein Tag wie jeder andere in der Krumpflingschule. Die langweilige Stimme von Professor Honigschwamm wurde immer leiser.
„Und nun spitzt die Ohren und passt alle gut auf, alle ...“
Egon wackelte lustlos mit seinen Löffelöhrchen. Dann klappte er sie ganz nach unten.
Was hatte der Lehrer der kleinen Krumpflinge gerade gesagt? Ach, egal.
Im Moment konnte Egon einfach nicht darüber nachdenken. Seine Lider senkten sich über seine Glupschaugen und sein Kugelkopf drückte schwer auf seine Pfoten. Die hatte er unter dem Kinn aufgestützt, damit es wenigstens so aussah, als würde er aufpassen. Er gähnte. Egon war schon wieder so müde. Das lag bestimmt daran, dass er in der roten Kindergießkanne mit den

weißen Punkten nicht besonders gut schlafen konnte. Wenn er endlich wieder im rechten Skistiefel Größe 48 wohnen dürfte, wäre das alles ganz anders.
Ein lauter Rums weckte Egon auf. Aua! Sein Kopf war auf die Tischplatte geknallt.
Um ihn herum kicherten alle los. Egons Banknachbar Wobbel ließ vor lauter Belustigung sogar den leckeren Steinpilz fallen, an dem er gerade nagte.
Professor Honigschwamm reckte den Kopf und fragte streng: „Könnt ihr nicht einmal für die Dauer eines Spinnenpups still sein? Sogar du schwätzt, Hans-Georg, sogar du!"
Vorwurfsvoll blickte er unter seinen buschigen Augenbrauen zum schleimigen Schorschi. Der begann sofort loszuheulen.
„Ich will ja so gerne aufpassen! Aber der Egon stört uns immer, gell?"
„Genau!", bestätigte Zara, und ihr Zwillingsbruder Zwurz deutete auf Egon und ergänzte: „Der rotzgrüne Herzsterz da hat so laut geschnarcht, dass

wir gar nicht zuhören konnten. Deswegen mussten wir Quatsch machen!“

Die ganze Klasse gluckste jetzt vor Vergnügen, weil Zwurz Egon einen „rotzgrünen Herzsterz“ genannt hatte. Dabei konnte Egon doch wirklich nichts dafür, dass er mit diesem helleren, herzförmigen Fleck im Fell auf die Welt gekommen war! Täglich musste er sich neue Spottnamen deswegen anhören.

Sogar Professor Honigschwamm grunzte anerkennend vor sich hin.

„Höhöhö. Sterz, eine österreichische Mehlspeise, höhö, ... und dazu Herz. Sehr schön gereimte Beschimpfung, Zwurz, sehr schön! Für deinen Beitrag werde ich dir eine scheußlich schlechte mündliche Sechs geben.“

„Jippiehjuchuuh!“ Zwurz trommelte sich stolz auf die Brust.

Der Lehrer der Krumpflinge wandte sich an Egon: „Und nun zu dir, du Schlafschlappi, zu dir. Du verpennst also meinen Unterricht.“

„Das stimmt doch gar nicht!“, versuchte sich Egon zu verteidigen. Er rutschte verlegen auf der kleinen Tomatenmarkdose, auf der er hockte, hin und her. „Ich hab die ganze Zeit ganz gut aufgepasst!“

Professor Honigschwamm blähte sich wie ein Ochsenfrosch vor Egons Tisch auf.

„Dann kannst du ja bestimmt wiederholen, was ich gerade gesagt habe. Wiederholen.“

„Was ich gerade gesagt habe“, sagte Egon brav. „Wiederholen.“

Der Lehrer seufzte verzweifelt. „Ich meine natürlich, du sollst wiederholen, was ich gesagt habe, bevor das ganze Krumpflingstheater hier losging. Los!"

„Was ich gesagt habe, bevor das ganze Krumpflingstheater ..."

„Krautkümmelknorpel, sei sofort still! Sofort!", schrie Professor Honigschwamm entnervt.

Er winkte Schorschi herbei. „Hans-Georg, erklär du unserem Schnarchbarsch, was ich mir Schönes für euch überlegt habe!"

„Gerne!" Der schleimige Schorschi hopste sofort nach vorne an die Tafel. „Unser schlauer Professor hat sich eine ganz fiese Überraschung ausgedacht. Er will morgen die große mündliche

Prüfung abnehmen! Jeder von uns Krumpfling-schülern soll sich einen fiesen Trick überlegen und dann vor der Klasse vorstellen. Und das Tollste ist, dass Oma Krumpfling extra in die Schule kommen wird, um unserem Professor Honigschwamm bei der Benotung zu helfen. Der beste Schüler darf sich von ihr was wünschen."

Schorschi kämmte sich mit den Krallen seinen Seitenscheitel glatt und sah sich stolz um. „Der beste Schüler … das werde natürlich ich sein, Professor Honigschwamm, gell?"

Professor Honigschwamm zupfte an seinen Bart-spitzen und nickte.

„Wer sonst? Unser Schlummerschlumpf Egon wohl kaum. Der ist ja zu dumm, um sich seinen eigenen Namen zu merken. Zu dumm."

Es kommt noch schlimmer

Egon war verzweifelt. Eine mündliche Prüfung. Morgen schon! Wie sollte er sich in so kurzer Zeit einen gemeinen Trick ausdenken? Und ihn dann auch noch persönlich vorstellen, vor allen Schülern und Professor Honigschwamm und, was das Schlimmste war, auch vor Oma Krumpfling!
Die Sippenchefin tat doch sowieso nichts lieber, als ihn auszuschimpfen. Dazu würde sie morgen bestimmt wieder die Gelegenheit erhalten. Denn Egon war nun einmal nicht so hinterhältig wie die anderen Krumpflinge – selbst wenn er sich richtig anstrengte. Er musste sich nämlich immer gleich vorstellen, wie sich derjenige fühlte, den er gerade austrickste. Und dann bekam er ganz viel Mitleid.
Mitgefühl und Anteilnahme sind ja sehr wichtig, damit Menschen glücklich zusammenleben

können, aber für Krumpflinge sind das eher hinderliche Gefühle. Kein Wunder also, dass Egon so verzweifelt war!

Kuckuck! Kuckuck! Der schnabellose Kuckuck schoss aus seinem Uhrengehäuse und kündigte die Pause an. Egon wollte hinter seinen Mitschülern nach draußen schleichen. Aber Professor Honigschwamm rief ihn zurück.
„Heda, Egon! Ich muss mit dir sprechen, unter vier Glupschaugen. Mit dir sprechen."
Egon trottete also zum Lehrerpult, auf dem sich Professor Honigschwamm mit einer Tasse Krumpftee bereits gemütlich eingerollt hatte. Krumpftee wurde aus Menschenschimpfwörtern gebrüht, die Oma Krumpfling durch die Wasserleitungen von oben aus der Villa Artich absaugte und dann zu Teekrümeln zerstampfte. Alle Krumpflinge waren ganz wild auf das köstliche Getränk!
Neben dem Lehrer wartete außerdem ein schimmliger Semmelknödel darauf, verspeist

zu werden. Bei dem leckeren Duft, der ihm entgegenwaberte, lief Egon das Wasser im Maul zusammen.

„Ja, Herr Professor, was gibt's denn?“, fragte er schüchtern.

Professor Honigschwamm pikte den Knödel auf einen Zahnstocher und hielt ihn Egon vor die Schnauze.

„Magst du ein Stückchen, magst du?“

Egon bekam von Oma Krumpfling meistens nur sehr kleine Portionen von Krumpftee und Knödeln zugeteilt und wollte sich die Gelegenheit natürlich nicht entgehen lassen. Sofort riss er sein breites Maul auf.

„Njam ...“

Doch genau in dem Moment, als er ein großes Stück aus dem Knödel herausbeißen wollte, zog ihm Professor Honigschwamm die Leckerei wieder weg. Und stopfte sie sich selbst in den Mund.
„Oh.“ Egons Maul klappte zu.
„Hahaha, höhö! Du müsstest mal dein Gesicht sehen, dein Gesicht!“
Professor Honigschwamm verschüttete die halbe Tasse Krumpftee auf seinen Bademantel, so sehr musste er lachen.
„Weißt du, genau das ist dein Problem. Genau das“, erklärte er, als er sich wieder beruhigt hatte. „Wenn du nicht schleunigst lernst, andere hereinzulegen und unverschämt zu sein, dann wirst du auch morgen wieder eine Eins mit Stern kassieren.“
Egons Glupschaugen füllten sich bei dieser Drohung mit Tränen. Die Eins mit Stern war die schlechteste Note, die ein Krumpflingschüler bekommen konnte.
„Aber ... ich ... ich ... bemühe mich doch“, stammelte er schließlich. „Diesmal werde ich die

Prüfung gut machen, bestimmt!“ Und weil Professor Honigschwamm gar so ungläubig schaute, behauptete er: „Ich weiß sogar schon, was für einen Trick ich vorstellen werde!“
Das war natürlich geschwindelt.
„Na, das wollen wir hoffen. Ansonsten wirst du nämlich durchfallen. Und dann musst du das Schuljahr wiederholen, das Schuljahr.“
Professor Honigschwamm blickte besorgt in seine Teetasse und drückte sie dann Egon in die Pfote. Diesmal machte er sich keinen Spaß mit Egon. Aber da war dem kleinen Krumpfling sogar die Lust auf einen Schluck Krumpftee vergangen.

Egon sucht Rat

Nach dem Schulschlusskuckucksruf trödelte Egon langsam durch die Krumpfburg nach Hause. Woher sollte er so schnell eine gute Idee bekommen? Seife ausschütten, damit jemand ausrutscht? Das machten kleine Krumpflinge doch schon im Kindergarten ... Und was für Bosheiten kannte er sonst noch? Keine. Egons Kopf schien plötzlich voller Zuckerwatte zu sein. Doch gerade als er am Garderobenständer zu seiner Gießkanne hinaufkletterte, hatte er einen Einfall. Egon ließ sich die runde Stange wieder hinunterrutschen und rannte geradewegs zur Bücherei. In der runden Hutschachtel aus zerschlissener Pappe wurden all die Bücher gehortet, die kluge Krumpflinge jemals geschrieben hatten. Zurzeit waren es elf Stück. Da aber Oma Krumpfling vor Kurzem damit begonnen

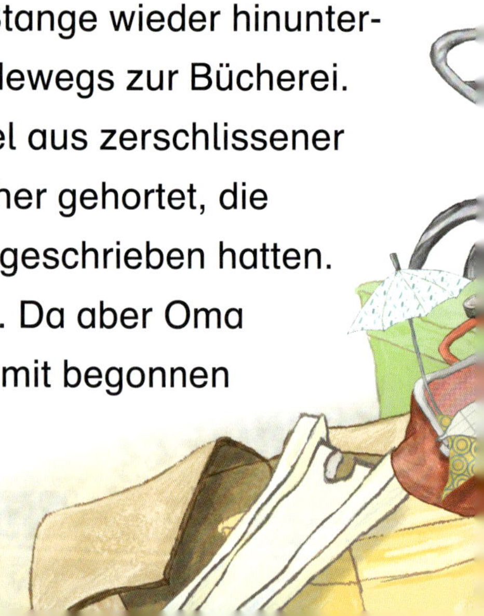

hatte, ihre Jugenderinnerungen zu notieren, würde es eines Tages sogar zwölf Bücher in der Bibliothek geben!

Diese Krumpflingbücher waren alle pfotengeschrieben und sehr kostbar. Deswegen konnten sie auch nicht ausgeliehen werden, sondern wurden von Fräulein Glemmer, einer recht hübschen Krumpflingsdame mit flauschigem Fell, bewacht. Wer etwas nachschlagen wollte, musste es vor ihren Glupschaugen in der Bibliothek machen. Als Egon durch das Eingangsloch kroch, saß Fräulein Glemmer gerade auf dem Boden, den Rücken an die dicke Geschichte der Krumpflinge gelehnt und lackierte sich die Krallen ihrer rechten Fußpfote rosa. Überrascht hob sie den Kopf.

„Na du? Was suchst du denn hier?“

„Schlechten Tag, Fräulein Glemmer“, begrüßte Egon sie möglichst unhöflich. Dann erklärte er eifrig: „Ich muss dringend mal in ein Buch schauen!“

„Aha“, sagte Fräulein Glemmer und begann in aller Ruhe die Krallen ihres linken Fußes zu lackieren. „Da bist du leider in der falschen Schachtel.“

„Wie bitte, hä?“, fragte Egon verunsichert. Um ihn herum standen und lagen doch lauter Bücher!

„Kleiner Scherz!“ Kichernd schraubte Fräulein Glemmer das Nagellackfläschchen zu und stand auf. „Welches Buch brauchst du denn? Die Teelöffel-Hockey-Regeln?“

„Nein. Das große Lexikon der fiesesten Tricks und Gemeinheiten“, antwortete Egon. „Wir haben nämlich morgen mündliche Prüfung in der Schule und da möchte ich für meinen Vortrag etwas nachschlagen.“

Fräulein Glemmer ließ sich wieder auf ihren runden Popo fallen. „Tja, dann bist du doch in der falschen Schachtel.“

„Hahaha, schon wieder ein guter Witz!“ Egon lachte höflich. „Den muss ich mir merken. Kann ich jetzt das Buch haben?“

Fräulein Glemmer klimperte geschmeichelt mit den Wimpern. Dann schüttelte sie bedauernd den Kopf. „Nö, Kleiner, kannst du nicht. Gerade waren nämlich Oma Krumpfling und Schorschi da. Die Chefin hat sich eine Sondergenehmigung ausgestellt und für ihren Liebling ein Buch ausgeliehen. Und jetzt rate mal, welches.“

„Das Lexikon der fiesesten Tricks und Gemeinheiten vielleicht?“, fragte Egon unglücklich.

„Bingo. Bist ja nur fast so dämlich, wie du aussiehst.“

Die Bibliothekarin kniff Egon in den Fellbauch und lächelte lieblich.

Besuch bei Freunden

„Frag doch deine Freunde nach ihren besten Tricks, Kleiner!“, hatte Fräulein Glemmer ihm noch glucksend nachgerufen, als Egon enttäuscht aus der Bibliothek getrappelt war. Egon vermutete, dass dies kein ernst gemeinter Ratschlag, sondern wieder nur ein blöder Spaß sein sollte. Denn Krumpflinge haben keine Freunde. Das ist völlig gegen ihre Natur.
„Diese fiese Buchnuss“, murmelte er vor sich hin. „Freunde fragen. Pah. Als ob ich …“
Doch plötzlich kam ihm ein Gedanke. Aber natürlich!
Und obwohl es wahrscheinlich gar nicht ihre Absicht gewesen war, hatte Fräulein Glemmer Egon doch einen tollen Tipp gegeben. Denn Egon war ja kein normaler Krumpfling. Und er, Egon, hatte sehr wohl einen Freund, von dem nur

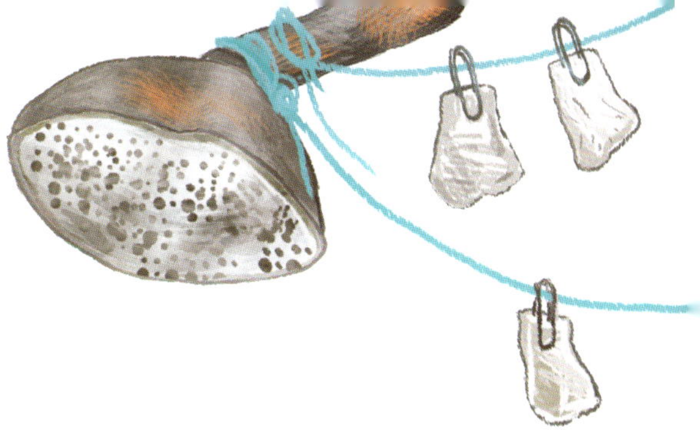

niemand etwas wusste. Einen richtig guten, nein, sogar besten Freund: Albert Artich, den Menschenjungen von oben aus der Villa. Egon hüpfte vor Glück hoch in die Luft. Sein Albi würde natürlich alles tun, um ihm zu helfen. Dass Egon da nicht gleich draufgekommen war!

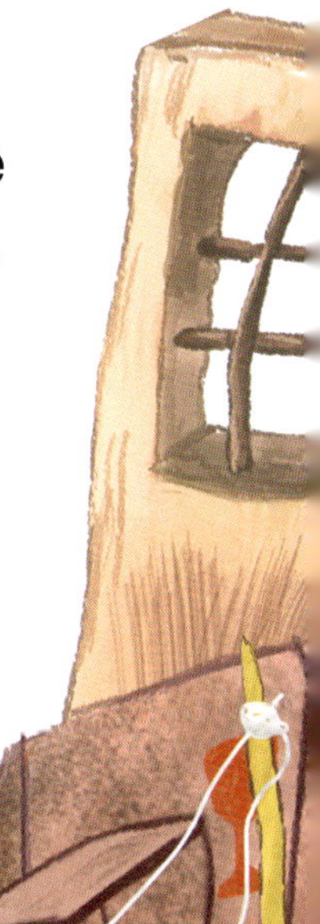

Aus dem Kinderzimmer im ersten Stock klang fröhliches Geplapper bis auf den Flur. Albi hatte unüberhörbar Besuch von Lulu Vogelsang.

Aber das störte Egon nicht, denn er kannte das Nachbarmädchen mit den struppigen Zöpfen inzwischen auch und konnte es gut leiden.
Der kleine Krumpfling quetschte sich durch den Türspalt und purzelte geradewegs auf das Monopoly-Spiel, das Albi und Lulu auf dem Boden aufgebaut hatten.
„Manno, Egon, jetzt hast du mein Männchen verschoben!", begrüßte Lulu ihn. „Zum Glück weiß ich noch, wo es stand." Sie schob ihr rotes Männchen zur gegenüberliegenden Spielecke. „Auf der Schlossallee. Und die will ich jetzt kaufen!"
„Das stimmt doch nicht, du warst im Gefängnis. Du musst aussetzen!", beschwerte sich Albi

sofort. Dann wuschelte er Egon mit den Fingerspitzen durch den Haarschöppel. „Lulu besch ... ummelt mal wieder. Magst du trotzdem mitspielen?“

„Zum Spielen hab ich heute keine Zeit!“ Egon ließ sich mitten in einen Stapel Spielgeld fallen und rang die Pfoten.

„Ist etwas passiert, Egon?“, fragte Albi bestürzt. Erst jetzt bemerkte er, wie aufgebracht der kleine Krumpfling aussah.

„Noch nicht, aber ihr müsst mir helfen, sonst gibt’s morgen ein großes Unglück!“, jammerte Egon. Er erzählte seinen beiden Freunden von der Überraschungs-Prüfung. „Nun soll ich mir ganz schnell eine gute Gemeinheit ausdenken, aber mir fällt nichts ein. Weniger als gar nichts! Wenn ich versuche, was Böses zu überlegen, habe ich nur Marschmallow-Matsche im Kopf“, schloss er unglücklich. „Ihr seid ja eigentlich nette Kinder. Aber wenn ihr jetzt auch keinen fiesen Trick für mich wisst, dann muss ich die Klasse wiederholen.“

Verzweifelt rieb er sich die Augen, um nicht loszuheulen. Albi ließ den Würfel fallen und hob Egon vorsichtig auf die Hand.
„Mach dir keine Sorgen“, tröstete er ihn. „Ich habe so viele Bosheiten auf Lager, da wirst du gleich staunen.“
„Wirklich wahr?“ Egon richtete die Löffelöhrchen voller Hoffnung wieder auf.
„Aber ja. Du könntest Zwurz Löcher ins Fell schneiden, während er schläft“, schlug Albi vor und fuhr sich mit der freien Hand durch die Haare, die er neuerdings ziemlich kurz trug.
„Oder in Wobbels Namen einen Brief an Zara schreiben, dass er in sie verliebt ist und sie küssen möchte“, fuhr er fort.
Egon schüttelte sich angewidert. „Iiih, wie eklig! Küssen.“
„Wenn du vor Schulbeginn in die Schultasche vom schleimigen Schorschi einen Becher Wasser kippst“, sagte Albi traurig, „dann gehen all seine Hefte kaputt. Oder versteck Pankos Weste beim Sportunterricht, oder ...“

Da schrie Egon beglückt: „Halt, genug, das kann ich mir doch gar nicht alles merken! Das ist ja prima! Professor Honigschwamm wird Glupschaugen machen! Vielleicht gewinne ich sogar den Preis für den besten Trick!“

Er wiederholte Albis Vorschläge, um keinen zu vergessen.

„Löcher, Brief, Wasser, Weste. Superkrumpfig, Albi! Wie bist du denn so schnell darauf gekommen?“

So viele Gemeinheiten hätte er seinem Freund tatsächlich gar nicht zugetraut.

„Das hat Albi alles selbst er ...“, wollte Lulu erklären, aber Albi unterbrach sie sehr bestimmt: „ … erfunden.“
Eine grimmige Falte bildete sich über seiner Nase. Und obwohl Lulu heftig protestierte, weil sie mit der Schlossallee doch sicher gewonnen hätte, packte Albi plötzlich das Spiel zurück in die Schachtel.
„Ihr müsst nun leider gehen. Bei uns gibt es gleich Abendessen und vorher muss ich noch mein ‚Was-ich-einmal-werden-möchte‘-Bild für die Schule fertig malen“, erklärte er.
Dann scheuchte er Lulu und Egon ungewohnt heftig aus seinem Kinderzimmer.

Lulu verplappert sich

„Ich bin so froh, dass ich mit euch beiden befreundet bin. Jetzt kann morgen gar nichts mehr schiefgehen“, flüsterte Egon Lulu ins Ohr. Er hatte es sich auf ihrer Schulter bequem gemacht und ließ sich von ihr an Frau Artich vorbei aus dem Haus tragen. Ihre zerzausten Zöpfe bildeten ein wunderbares Versteck.
Da die Vogelsangs erst aßen, wenn Lulus Mam von der Arbeit kam, wollte Egon das Mädchen begleiten und noch ein bisschen mit ihr im Garten schaukeln. Jetzt hatte er es ja nicht mehr eilig. Und danach konnte er bequem durch das gekippte Kellerfenster wieder in die Villa Artich einsteigen.
„Was meinst du, soll ich lieber den Trick mit dem widerlichen Liebesbrief vorstellen oder doch die Sache mit dem Wasser? Ich kann mich gar nicht

entscheiden, das ist alles soooo schön! Was findest du denn am allerfiesesten?“, fragte er Lulu.
„Ich glaube, für Albi war es am schlimmsten, als Götz ihm in der Umkleide das Loch in die Haare geschnitten hat“, antwortete sie.
Dann schlug sie sich so heftig mit der Hand vor den Mund, dass Egon in hohem Bogen von ihrer Schulter flog und wie ein Flummi ein paar Mal hopste, bevor er in der Wiese liegen blieb. Lulu kniete sich sofort zu ihm auf den Boden.
„Oje, hast du dir wehgetan?“

„Nö.“ Egon klopfte sich die Löwenzahnsamen aus dem Fell. Er starrte Lulu von unten herauf an. „Hat Albi diese ganzen Gemeinheiten SELBST erdulden müssen? Trägt er deswegen seine Haare neuerdings so kurz?“

„Ja, aber das sollte ich doch niemandem verraten“, bestätigte Lulu bekümmert und zupfte verlegen einzelne Gänseblümchen ab. „Ich glaube, es ist ihm schrecklich peinlich.“

„Papperlapapp, peinlich. Albi ist mein bester Freund. Vor mir muss er sich doch nicht schämen! Was ist denn in der Schule los?“, wollte Egon wissen.

Lulu beschloss, dem kleinen Krumpfling alles zu erzählen.

„Einer aus unserer Klasse, Götz, hat Albi auf dem Kieker. Der heißt eigentlich Gottlieb und ist der Kleinste von den Jungen. Papi meint, der hat bloß einen Minderwortkamplox und fürchtet sich selbst am meisten. Aber weil er so fürchterlich gemein sein kann, haben die anderen Angst vor ihm und machen alles, was er will. Wir müssen ihn Götz nennen, weil Gottlieb findet, dass er dem Fußballer Mario Götze ähnelt. Albi hat das gleich am Anfang mal vergessen."

Mit den Fingernägeln riss Lulu Spalten in die Stängel der zarten Blumen und begann dann geschickt, eine Kette daraus zu fädeln.

„Und deswegen wird er jetzt von diesem Winzgemeinling so geärgert?", fragte Egon interessiert. „Da sieht man mal, dass Größe gar keine Rolle spielt. Von euch Menschen können ja sogar wir Krumpflinge noch was lernen!"

Lulu nickte bekümmert und legte Egon die Blumenkette um den Hals.

Schlechte Träume

In dieser Nacht schlief Egon noch schlechter als sonst. Erst drehte er sich auf den Rücken, dann auf den Bauch. Zum Schluss versuchte er es sogar auf dem Kopf. Aber egal, wie er sich in seiner ungemütlichen Wohnhöhle herumdrehte, ständig spukten ihm hässliche Traumbilder durch die Gedanken: Er sah einen Jungen, kaum größer als ein Gartenzwerg, der mit einer riesigen Nagelschere lauter herzförmige Löcher in Albis Haare schnitt. Dann wollte Egon vor der Klasse seinen Vortrag halten, aber der böse Junge sprang nun mit dem großen Duschkopf hinter Oma Krumpfling hervor und spritzte Egon von oben bis unten nass.

Am frühen Morgen kroch Egon völlig gerädert aus der Kindergießkanne und streckte sich. „Heute mache ich die beste Prüfung von allen, dann darf ich mir von Oma Krumpfling was wünschen." Er gab der Gießkanne einen Tritt. „Und dann ziehe ich sofort in den kuschlig weich gepolsterten rechten Skistiefel Größe 48 um. Dass du's nur weißt, du blöde Blechziege!"

Die Gießkanne schien die Beleidigung nicht weiter zu stören. Sie antwortete zumindest nicht darauf.

Egon packte seine Schulsachen zusammen: Bleistiftstummel, Radiergummistückchen, ein Fetzen Packpapier und den Stiel eines getrockneten Steinpilzes für die Pause ...

Dann machte er sich auf den Weg zur Schulschachtel. Das ungute Gefühl, das in seinem Bauch herumturnte, wurde unterwegs jedoch nicht besser.

Im Gegenteil. Je näher Egon der Krumpflingschule kam, desto schlimmer fühlte es sich an.

„Das ist nur die Aufregung, Egon Krumpfling", versuchte er sich zu beruhigen. „Prüfungsbammel. Ganz und gar unnötig."

Egons Schritte wurden von alleine immer kleiner.

Kurz vor der Schulschachtel überholten ihn Zara und Zwurz.

„Hast du keine Angst dich zu blamieren, Herzchenschreck?“, kreischte Zara. „Ich an deiner Stelle würde lieber in meiner Höhle bleiben.“

Im Vorübergehen ließ Zwurz einen stinkenden Pupspropeller fahren, genau vor Egons Schnauze.

„Die volle Ladung. Gib mir Vier, Schwabbelschwester!“, gackerte er stolz und Zara klatschte mit der Pfote gegen seine.

„Dumm rumpupsen ... das kann doch jedes Krumpflingbaby!“, rief Egon ihnen wütend hinterher. „Und Angst hab ich gar nicht! Ich habe Spitzentricks auf Lager! Alle persönlich getestet!“
Er wartete, bis sich der Modergasgestank und die Zwillinge verzogen hatten. Doch als Egon wieder durchatmen konnte, sah er plötzlich klar: Er fürchtete sich wirklich nicht vor der Prüfung. Etwas anderes quälte ihn, ein völlig neues Gefühl. Egon machte sich schreckliche Sorgen um seinen besten Freund! Albi durfte nicht geärgert werden! Schließlich war er kein tricktrainierter Krumpfling, sondern ein empfindsames Menschenwesen. Er brauchte Egons Hilfe. Und zwar so schnell, wie möglich!

Eine unerwartete Entdeckung

Zur selben Zeit saßen Bertram und Albi Artich beim Frühstück.
„Na, Sohnemann, warum verziehst du denn deine sichtbaren Gesichtsmuskeln zu solch einer missmutigen Miene?“, fragte Bertram Artich und musterte Albi über den Rand seiner Zeitung.
„Ist etwas?“
„Nein, Papa, alles in Ordnung.“
Albi lächelte verkrampft und rührte dann wieder lustlos in seinem Müsli herum. Heute war Dienstag, Turntag. Der schlimmste von fünf schlimmen Tagen in der Woche.
Als Albi neu in die Schule gekommen war, hatte er sich so gefreut, dass er endlich Freunde finden würde. Und die meisten seiner Klassenkameraden waren anfangs auch sehr nett zu ihm gewesen.
Bis Gottlieb Mauser – oh, Entschuldigung, Albi

musste ihn ja Götz, nennen – beschlossen hatte, dass Albi ein geeignetes Opfer für ihn wäre. Seitdem machte der hinterhältige Zwerg ihm das Leben zur Hölle.
Aber das würde Albi seinem Vater sicher nicht erzählen. Die Eltern sollten sich keine Sorgen um ihn machen. Außerdem hatte er Angst, dass sie dann schnurstracks zu Frau Brettschneider, seiner Klassenlehrerin, marschieren und sich über Götz beschweren würden. Das musste auf jeden Fall vermieden werden – denn Albi wollte auf keinen Fall vor den anderen als jämmerliche Petze dastehen. Nein, sein Problem musste er schon alleine lösen. Aber wie?
„Was soll ich dir für die Pause einpacken, Albi-Spatz?“, rief seine Mutter jetzt aus der Küche. „Eine Dinkelsemmel mit Frischkäse und Gürkchen oder lieber Knäckebrot mit Sojasalami?“
„Egal.“ Albi schob seine Müslischale beiseite. „Hab nicht so großen Hunger.“
Kurz darauf kam Rosalie Artich ins Esszimmer und legte vor Albi seine Brotbox auf den Tisch.

Sie lächelte verschwörerisch. „Überraschung. Aber du darfst erst in der Schule nachsehen, was drin ist."

Albi bemühte sich, angemessen neugierig auszusehen. Obwohl ihm der Appetit angesichts des bevorstehenden Tages wirklich vergangen war.

„So, meine Lieben, höchste Zeit. Wir wollen doch nicht zu spät kommen."

Bertram Artich klopfte auf die Uhr und trieb seinen Sohn in die Diele. Kopfschüttelnd trug Rosalie die Brotbox hinterher.

„Hier, du Schusselchen, vergiss das nicht!"

Albi klappte seufzend den Deckel seiner Schultasche hoch. Aber was war das? Um nicht aufzuschreien, biss er sich schnell auf die Lippen. Aus dem Inneren seiner Schultasche strahlten ihm zwei leuchtende Glupschaugen entgegen. Egon Krumpfling kauerte zwischen Federmäppchen und Lesebuch und winkte seinem Freund fröhlich zu!

Albi gibt nach

Frau Artich begleitete ihre beiden Bertis bis zum Gartentor. Dort rückte sie ihrem Mann den Krawattenknoten gerade und reichte ihm Helm und Hosenklemme. Herr Artich spannte seine Aktentasche auf den Gepäckträger, küsste Frau und Sohn und radelte zufrieden davon.
Als Nächstes überreichte Rosalie Albi seinen Turnbeutel und ermahnte ihn wie jeden Morgen zum Abschied: „Denk daran. Wir ...“
„... heißen Artich und sind artig!“, ergänzte Albi hastig den Leitspruch der Familie.

Er hatte es eilig loszukommen, denn er wollte schleunigst mit Egon sprechen. Doch das konnte er natürlich nicht, solange seine Mutter um ihn herumwuselte. Mit wehender Kapuze rannte Albi zum Nachbarhaus, wo er Sturm klingelte, damit Lulu schnell herauskam.
Flüsternd berichtete er seiner Freundin, wer sich überraschend in seinem Schulranzen eingenistet hatte. Kaum waren die beiden Kinder aus Rosalie Artichs Blickfeld, nahm Albi seine Schultasche von den Schultern und riss den Deckel auf. Dann fragte er streng: „Egon, was soll das? Warum hockst du in meinem Ranzen und bist nicht in der Krumpflingschule?“
Egon grinste breit.

„Ich möchte gerne einen gewissen Gottlieb Mauser kennenlernen und mal ein paar von meinen Tricks an diesem Affenaas ausprobieren. Freust du dich?"
„Nein!", schimpfte Albi empört. „Du hast doch heute deine Prüfung!" Er zog Egon am Schlawittelfell aus dem Ranzen und setzte ihn auf den Gehsteig.
„Lauf sofort zurück, dann schaffst du es vielleicht noch rechtzeitig. Dalli."
Egon hörte an Albis Stimme, wie ernst es ihm war. Jetzt konnte nur eine kleine Notlüge helfen.
„Meine Schule fällt doch heute aus! Professor Honigschwamm hat sich den Magen verdorben ... äh, zu viel Fliegenpilzsuppe. Und die Prüfung ist auf nächste Woche verschoben worden!"
Beim Schwindeln färbte sich vor Verlegenheit sein Nasenfell ein bisschen hellblau. Albi zögerte immer noch, doch Lulu zwinkerte Egon wissend zu. Sie ahnte natürlich, was Egon dazu bewegt hatte, den Unterricht zu schwänzen.
„Das ist doch prima!", sagte sie. „Albi, du darfst

Egon nicht nach Hause schicken. Mit seiner Hilfe könnten wir dem Blödbömmel endlich die Liveten lassen."

„Wir könnten Götz möglicherweise wirklich die Leviten lesen", überlegte Albi laut.

Tatsächlich fühlte er sich bei dem Gedanken, den kleinen Krumpfling bei sich zu haben, gleich ein bisschen stärker. Lulu nickte so heftig, dass ihre Zöpfe wippten.

„Also gut", gab Albi schließlich nach. „Ausnahmsweise. Für einen Tag. Und nur, wenn sich Egon nicht zeigt. Schließlich hab ich schon genug Sorgen."

Überfall im Brünnleinpark

Dass Albi wirklich mehr als genug „Sorgen“ hatte, zeigte sich schon auf dem Schulweg. Im Brünnleinpark, einer kleinen Grünfläche, die Lulu und Albi durchqueren mussten, lehnte ein zierlicher Junge lässig an einem Lindenbaum. Als er die beiden Kinder kommen sah, schlenderte er scheinbar zufällig mitten auf den Weg und versperrte ihnen so den Durchgang.

„Hundedreckundheringsschuppen, der Götz!“, fluchte Lulu vor sich hin.

„Das riecht nach Ärger“, bestätigte Albi. Sein Herz begann heftig zu klopfen. „Lass uns lieber abhauen.“

Albi sah sich nach einem Fluchtweg um, denn er und Lulu waren schnelle Läufer und ein paarmal war es ihnen schon gelungen, Götz einfach abzuhängen. Doch genau in dem Moment sprangen

aus den Büschen hinter ihnen überraschend drei weitere Jungs hervor und umringten die beiden Freunde. Vier gegen zwei – das war hoffnungslos!
Ehe sich Albi und Lulu überhaupt wehren konnten, wurden sie in den Schwitzkasten genommen.
„Hau ab, du Blödmann!“ Lulu ließ ihren Turnbeutel fallen und strampelte wild.
Egon, der natürlich alles mitbekommen hatte, wollte gerne helfen, aber er durfte sich ja nicht zeigen! Also zerrte er Albis Füller aus dem Federmäppchen, riss die Kappe herunter und begann durch die Spalte zwischen Ranzen und Deckel nach dem bösen Jungen zu stechen, der Albi gepackt hatte.

„Verflixtundzugetackert“, schimpfte er dabei vor sich hin. „Das ist aber auch ein Klump!“
Denn die Schreibfeder des Füllers verbog sich zwar, aber Maxi bemerkte den Angriff nicht einmal. Da blieb Egon nichts anderes übrig, als tatenlos zuzusehen. Es war zum Verrücktwerden!
„Lasst doch wenigstens Lulu in Ruhe“, bat Albi jetzt unglücklich.
„Keine Sorge, der Zimtzicke passiert nichts“, erklärte Götz gönnerhaft. Er ging Albi tatsächlich nur bis zu Schulter. Aber man konnte seinem verkniffenen Gesichtsausdruck ansehen, dass er zu jeder Gemeinheit bereit war. „Und dir auch nicht. Ich möchte dir nur ein kleines Geschenk überreichen. Weil du doch mein Lieblingsopfer bist.“ Er grinste schief und fragte den großen, blonden Jungen, der zwischen Albi und Lulu stand: „Hast du die Überraschung für den albernen Popanz dabei, Lukas?“
„Klar, Chef!“ Lukas kramte aus seiner Jackentasche ein Marmeladeglas und begann, vorsichtig den Deckel aufzuschrauben.

Egon verfolgte aus seinem Versteck, wie Götz mehrere Schritte zurückwich. Und dann sah er auch, warum: In dem Glas wuselten unzählige Spinnen, größere und kleine, dicke und dünne. Manche waren sogar ein bisschen haarig. Mit einem Schwung kippte Lukas die ganze krabbelige Ladung über Albis Kopf.
„Albi spinnt!“, kreischte Götz. „Hey, Spinner, bring deine Haustiere nicht mit in die Schule. Das ist verboten!“
Dann rannten die vier fiesen Kerle lachend davon.

Was ich einmal werden möchte …

Völlig außer Atem rutschten Albi und Lulu kurz nach dem Gong in ihre Bänke.
Nachdem sie gemeinsam alle Spinnen von Albi heruntergeklaubt hatten, waren sie erst nach der täglichen Begrüßung in ihr Klassenzimmer gestürmt.
Frau Brettschneider verzog säuerlich den Mund. „Luise und Albert, wenn ihr auf dem Schulweg so trödeln könnt, dann habt ihr sicher auch genügend Zeit, morgen nach dem Unterricht alle Malunterlagen abzuwischen.“
Sie lief durch die Reihen und verteilte die Plastiksets, die die Kinder immer unter ihre Zeichenblöcke legen mussten.
„Oh-oh!“, empörte sich Egon laut. Er hatte aus Albis Ranzen natürlich alles mitgehört. „Das ist so was von gemein.“

Albi stupste mit der Fußspitze leicht gegen seine Schultasche.

„Pssst!“

„Wie bitte?“ Frau Brettschneider erstarrte, nur ihre Schmetterlingsohrringe schaukelten leise. „Albert, du findest mich gemein?“

„Ähm ... nein. Ich habe nur gesagt: So soll es sein.“

„Das will ich dir auch geraten haben.“

Frau Brettschneider legte die letzte Malunterlage vor Johanna, die ganz hinten bei der Tür saß. Dann schob sie sich das lilafarbene Tuch wieder zurecht, das sie in ihre Haare gewickelt hatte.

„Gut. Jetzt dürft ihr die Bilder herausnehmen, die ihr zu Hause fertig gemalt habt, damit ich sie einsammeln kann. Und auch eure Malkästen. Denn wir fangen gleich mit etwas Neuem an."
Die Schüler begannen raschelnd unter den Tischen und in ihren Taschen zu kramen. Albi nutzte die Gelegenheit, um Egon über den Kopf zu streicheln. Auch wenn der Kleine dazwischenquakte – es war trotzdem ein schönes Gefühl für Albi, seinen liebsten Freund so nah bei sich zu wissen! Mit dem Zeigefinger kitzelte er den Krumpfling zärtlich am Bauch. Der kicherte lautlos.
„Meine Güte, Albert Artich, du gehörst heute wirklich nicht zur schnellen Truppe!", sagte Frau Brettschneider.
Erschreckt zuckte Albi zusammen und sah auf. Er hatte gar nicht bemerkt, dass alle anderen Kinder ihre Bilder und Farben längst hervorgeholt hatten und nun zu ihm herüberstarrten. Götz, der in der Reihe neben ihm auf gleicher Höhe saß, streckte ihm die Zunge raus. Ohne

nachzudenken, zog Albi das Nächste, was er erwischte, aus der Tasche ... und legte seine Brotbox auf den Tisch.

„Also wirklich, Albert, das ist nicht ulkig!“ Frau Brettschneider schüttelte den Kopf so heftig, dass ihr Tuch halb über ihr rechtes Ohr rutschte. „Ich lass mich nicht von dir vergackeiern!“

Egon kicherte jetzt laut. Was für leckere Worte diese Lehrerin kannte!

Albi trat wieder gegen seine Tasche und zischte: „Sei doch still!“

„Werd mal nicht frech!“, empörte sich Frau Brettschneider. „So kenne ich dich überhaupt nicht, Albert. Anscheinend hast du heute einen Kasperl geschluckt.“

Die anderen Kinder kicherten jetzt auch. Nur Lulu stöhnte heimlich auf. Aber wie hätte sie dem armen Albi helfen können?

„Jetzt kommst du mal hierher, Albert, und machst zwanzig Kniebeugen an der frischen Luft. Das wird dir guttun“, befahl Frau Brettschneider.

Sie trat zum Fenster und öffnete es. „Aber vorher räumst du die Brotbox weg und deine Sachen auf den Tisch. Ich bin schon gespannt, was du einmal werden möchtest. Vermutlich Zirkusclown!“

Albi biss die Zähne zusammen. Wenn Frau Brettschneider sein Bild erst sah, würde sie sich bestimmt nicht mehr über ihn lustig machen.

Er hatte sich richtig viel Mühe gegeben und das ganze Blatt voll mit Pflanzen und seltenen Tieren gemalt. Sogar ihre lateinischen Bezeichnungen hatte er aus einem Lexikon seines Vaters herausgesucht und darunter geschrieben. Dazwischen war er selbst mit Fernglas und Tropenhelm zu sehen. Albi wollte nämlich Dschungelforscher werden! Dann würde er neue, unbekannte Lebewesen wie die Krumpflinge entdecken.
Nachdem er sein Gemälde mitten auf seinen Tisch platziert hatte, trottete er brav zum Fenster, um die Kniebeugen zu machen. Frau Brettschneider begann in der ersten Reihe bei den beiden Annas die Zeichnungen einzusammeln. Die Locken-Anna erklärte der Lehrerin umständlich, welchen Schauspielerinnen sie als Friseurin Dauerwellen machen würde. Lulu nutzte die Zeit, um ihre Astronautin, die sie am Vorabend noch recht schlampig auf den Block gekritzelt hatte, zu verzieren. Und Egon öffnete in Albis Schulranzen die Brotbox, die nun direkt vor seiner Schnauze gelandet war. Es duftete so gut daraus!

Kurz: Keiner schaute zu Götz. Der schielte neidisch auf Albis Blatt hinüber. Es war zu ärgerlich, wie schön dieser Streber malen konnte! Und die Idee mit dem Dschungelforscher war auch toll. Götz träumte eigentlich davon, Torwart zu werden, aber sein Vater hatte ihn ausgelacht. Weil Götz im Tor meistens zur Seite sprang, um dem Ball auszuweichen. Daraufhin war ihm nichts Besseres als der Beruf seines Vaters eingefallen: Sachbearbeiter. Aber als er jetzt Albis Bild sah, platzte die Eifersucht in ihm wie eine Gewitterwolke. Götz angelte sich heimlich Albis Kunstwerk und tauchte seinen Pinsel in die Farbe ...

Frau Brettschneider und Albi kamen ungefähr gleichzeitig an dessen Platz an. Albi wurde übel, als er sah, was Götz angerichtet hatte: Über all seine liebevoll gezeichneten Tiere waren fette, hässliche Spinnen geschmiert. Die dickste Spinne saß auf dem Tropenhelm des Forschers, hatte Schmetterlingsohrringe und einen lilafarbenen Tuchturban auf ihrem Kopf. Man konnte gleich erkennen, dass dies der Haarschmuck von Frau Brettschneider sein sollte. Hinter „Was ich einmal werden möchte ...“ stand jetzt in fetten Buchstaben: „... Spinendomtör“.

Götz hatte Spinne nur mit einem N geschrieben. Der Anblick tat Albi in der Seele weh.

„D ... d ... das ...“, stotterte er verzweifelt. „... ist die größte Frechheit, die ich in meinem Leben gesehen habe“, sagte Frau Brettschneider und zerriss Albis Arbeit vor den Augen aller Klassenkameraden.

Albi macht in die Hose

Die restliche Stunde musste Albi zur Strafe neben dem Pult sitzen und Buntstifte spitzen. Er reckte den Hals, um seinen Schulranzen im Blick zu behalten, aber von Egon war nichts zu sehen. Der war nämlich immer noch mit der Zimtschnecke beschäftigt, die Frau Artich ihrem Sohn ausnahmsweise eingepackt hatte. Obwohl sie kein bisschen schimmelig war, schmeckte sie dem kleinen Krumpfling ganz ausgezeichnet. Während Egon vor sich hin schmatzte, überlegte er, wie er sich an diesem Götz rächen könnte. Was hatten sie in der Krumpflingschule geübt? Egon erinnerte sich an nichts. Doch plötzlich hatte er einen völlig neuen, einen messerscharfen Gedanken. Man könnte doch ... genau, das wäre geradezu krumpflingsgenialgemein! Es gab dabei nur ein winziges Problemchen:

Albi hatte ihm verboten, sich zu zeigen.
Als es zur Mathestunde klingelte, durfte Albi wieder zurück auf seinen Platz gehen. Seufzend ließ er sich auf seinen Stuhl plumpsen. Für einen Moment fühlte sich die hölzerne Sitzfläche seltsam weich an ... dann knallte es leise und plötzlich war sein ganzer Popo plitschnass!
Albi sprang erschreckt auf, um nachzusehen, woher das ganze Wasser kam. Jemand – und wer dieser Jemand war, war ja wohl klar – hatte ihm eine kleine Wasserbombe auf den Stuhl gelegt. Da lag sogar noch ein kleiner zerfetzter Luftballon in der Brühe. Als Albi danach greifen wollte, schnappte sich Götz mit einem schnellen Handgriff das Beweisstück und ließ es mit schadenfroh gebleckten Zähnen in der Hosentasche

verschwinden. Aber Albi würde Götz sowieso nicht den Gefallen tun, sich zu beklagen. Er sah sich nach etwas zum Abtrocknen um.

Da schrie Götz: „Frau Brettschneider! Albi hat in die Hosen gemacht!“

Wie bitte? Egon ließ die angenagte Zimtschnecke zwischen Albis Hefte fallen und linste wieder unter dem Schulranzendeckel hervor.

Die ganze Klasse begann angewidert zu kreischen. Manche lachten. Götz’ Freunde grölten begeistert und Lukas kam sogar angelaufen, um sich die Bescherung genauer anzusehen.

Frau Brettschneider legte die Kreide und das große Lineal beiseite und stampfte zu dem Tumult.

„Was ist denn jetzt schon wieder?“, fragte sie ungehalten.

Götz deutete auf Albis Stuhl. „Baby Albi hat Pipi gemacht!“ Dann hielt er sich demonstrativ die Nase zu und trötete: „IIIIIhhgittigitt!“

Die anderen Schüler kreischten noch lauter. Albi wurde blutorangenrot.

„Zum Krumpfling noch mal!“, flüsterte Egon aufgebracht. „Jetzt platzt mir doch gleich das Kragenfell!“

Frau Brettschneider verdrehte entnervt die Augen. „Gottlieb, nimm dich bitte zusammen. Albert hat sich eingenässt. Das ist unangenehm, kann jedoch vorkommen.“

„Aber das stimmt doch ...!“ Lulu vollendete ihren Protest nicht, sondern klappte den Mund nach einem Blick in Albis Augen wieder zu.

„Albert, geh zur Garderobe und zieh dir dort deine Sporthose an. Die verschmutzten Sachen steckst du in eine Plastiktüte“, bestimmte Frau Brettschneider.

Albi ließ sich von Frau Brettschneider eine Tüte geben und schlich sich dann nach draußen.

Egons kleines Krumpflingsherz zog sich vor Schmerz zusammen, als er seinen Freund so sehen musste. Er wollte nur noch eines: Rache! Egal, um welchen Preis.

Egon greift an

Wut war ein Gefühl, das Egon nur selten verspürte. Aber jetzt schwappte sie wie eine algengrüne Flutwelle über ihm zusammen. Kaum hatte sich die Tür hinter Albi geschlossen, hüpfte Egon aus Albis Schultasche.

„Was zu viel ist, ist zu viel!“, zischte er.

Lulu stimmte ihm zu. „Sag ich doch!“

Mit gesträubtem Fell raste Egon über den Gang zwischen den Bänken auf Götz zu. Er wuselte über dessen linken Schuh, zwängte sich unter dem Aufschlag hindurch in das Hosenbein und zog sich an Götz’ Strumpf hoch.

Götz schlenkerte mit dem Bein, denn er hatte ein komisches Kitzeln gespürt. Aber plötzlich fühlte er, wie etwas an seinem Oberschenkel nach oben kroch. Etwas Haariges, etwas mit vielen Beinen!

„Aaaaaahi-aaai-aiii-oooh!“ Kreischend sprang Götz auf, hüpfte im Kreis herum und schüttelte sich.
Frau Brettschneider fuchtelte mit dem großen Geodreieck durch die Luft.
„Seid ihr denn heute alle durchgeknallt?“, rief sie verzweifelt. „Wir haben jetzt Mathematik und nicht Tanzstunde. Gottlieb, setz dich sofort wieder auf deinen Stuhl!“
„Aber da ist etwas in meiner Hose!“, brüllte Götz und hüpfte nur noch höher. „Es sticht! Es sticht! Hilfe!“
Albi, der inzwischen wieder auf seinen Platz zurückgekehrt war, schaute fragend zu Lulu. Hatte Egon da etwa seine Pfoten im Spiel? Dieser Veitstanz konnte doch nur eines bedeuten!

Lulu grinste breit und hielt den Daumen hoch. Egons Plan funktionierte perfekt. Mit seinen scharfen Krallen zwickte er in die Haut von Götz' Oberschenkel. Jetzt kannte er kein Mitleid mehr – Oma Krumpfling wäre stolz auf ihn gewesen!
Weil ihm das Gekreische seines Opfers gar zu gut gefiel, riss Egon schließlich sein Maul auf und biss kräftig zu.
Götz jaulte auf. „Das ist bestimmt ein giftiges Insekt!"
„So ein Blödsinn!" Frau Brettschneider hielt Götz an den Schultern fest, um ihn zur Ruhe zu bringen.
„Doch! Ich muss sterben!", heulte Götz. Er zeigte zappelnd auf seinen Popo. „Jetzt krabbelt es da in das andere Bein! Ich spüre es genau!"
Da befahl Frau Brettschneider: „Nun hör auf zu jammern und zieh die Hose aus."
„Ich will mich nicht vor allen ausziehen!", protestierte Götz.
„Also ist alles wieder ein dummer Streich von dir? Dachte ich's mir doch. Du kannst gerne morgen

Nachmittag Luise und Albert helfen, die Malunterlagen abzuwaschen."

Die Lehrerin wollte Götz den Rücken zukehren. Egon harkte seine Zähnchen ein weiteres Mal in das Bein von Götz. Mit einem Aufschrei riss sich der nun die Hose herunter.

Heißahussakrumpfsassa! Egons Plan hatte funktioniert! Und zwar noch besser als erhofft.

Albi ist ein Held

„Guckt mal!“, rief die kleine Anna glucksend. „Götz hat rosa Unterhosen an!“
Die restliche Klasse stimmte in ihr Gekicher ein. Selbst um Frau Brettschneiders Mundwinkel zuckte es verdächtig. Und dann lachte auch sie aus vollem Hals.
„Meine Unterhosen sind weiß“, verteidigte sich Götz verzweifelt. Und setzte leise hinzu: „Normalerweise.“
„Tja, da hat Gottliebs Mutti wohl etwas Rotes in ihre Kochwäsche gebracht“, versuchte Frau Brettschneider zu erklären. „Da sollte man immer gut aufpassen. Merkt euch das für später, Mädchen!“
„Und Jungs!“, fügte Lulu hinzu. „Bei uns muss nämlich mein Papi waschen.“
Frau Brettschneider schaute etwas verwirrt, aber

widersprach nicht. Dann fiel ihr wieder ein, warum inzwischen die versammelte Klasse im Kreis um den vor Scham pavianpoporoten Gottlieb standen.

„So und nun gib mir deine Hose, damit wir sehen, ob etwas darin ist."

Jetzt bekam es Egon mit der Angst zu tun. Genau bis hierher hatte er sich seinen Plan überlegt, aber nicht weiter!

„Ich fass die doch nicht an!" Götz verschränkte die Arme hinter dem Rücken.

Egon atmete auf. Puuh.

Doch da bückte sich die Lehrerin ächzend selbst nach der Hose. Mit viel Schwung schüttelte sie Götz' Jeans über dem Papierkorb aus.

Egon klammerte sich mit seinen Pfoten an den Stoff. Er wurde durchgerüttelt, als säße er selbst im Schleudergang einer Waschmaschine.

Rauf runter, runter rauf, rauf runter. Irgendwann war ihm so schwindelig, dass er sich nicht mehr halten konnte. Seine Pfoten öffneten sich. Und wie in einer Tunnelrutsche schoss er durch das linke Hosenbein von Götz' Jeans nach unten. Dann wurde es schlagartig grellhell um ihn – und er flog geradewegs in den Papierkorb. Egon brauchte einen Augenblick, bis sich in seinem Kopf nicht mehr alles drehte und er verstand, wo er gelandet war. So schnell er konnte, verkroch er sich dann unter die zerknüllten Fetzen von Albis Bild.

Alle Kinder hatten die grüne Fellkugel gesehen. Für einen Augenblick verstummten sie vor Schreck.
„Boah, das ist ja eine Riesenspinne!“, flüsterte Lukas ehrfürchtig in das Schweigen. „Ich glaub’s nicht, Alter.“
Egon versuchte, sich noch besser zu verstecken. Die Papiere um ihn herum bewegten sich. Sofort brach das Tohuwabohu von Neuem aus.
Götz kletterte quietschend auf das Lehrerpult. „Die will mich wieder angreifen!“, zeterte er. Es war ihm nun völlig egal, dass er in rosa Unterhosen über allen thronte. Hauptsache, das Monster konnte ihn nicht wieder erwischen. Er hatte doch solche Angst vor Spinnen!
„Tun Sie die weg, Frau Brettschneider, schnell!“
„Ähm, ja, natürlich ...“, sagte Frau Brettschneider zögernd.
Auch sie hatte das Untier gesehen. Es war ihr ziemlich riesig vorgekommen. Und dann diese grünen Haare. Womöglich handelte es sich um eine europäische Unterart der Vogelspinnen.

Vielleicht sollte sie besser Herrn Machl, den Hausmeister holen ... Aber wie stand sie dann vor ihren Schülern da? Die würden sie ja nicht mehr ernst nehmen! Also näherte sie sich vorsichtig dem Papierkorb und streckte langsam die Arme aus.
Albi hielt die Luft an. Lulu nagte aufgeregt an ihren Fingernägeln. Was, wenn die Lehrerin Egon entdeckte?
Als Frau Brettschneider an den Korb fassen wollte, raschelte es wieder leise unter dem weggeworfenen Papier.
„Aaah!" Mit einem schrillen Schrei sprang Frau Brettschneider zwischen die beiden Annas und versteckte sich hinter ihnen.
Das war die Gelegenheit für Albi, etwas zu unternehmen. Er trat schnell nach vorne, zog den Müllbeutel aus dem Korb und knotete ihn fest zu.
Albi kannte seinen Freund und wusste, dass Egon mindestens zehn Minuten lang die Luft anhalten konnte.
„So kommt bestimmt nichts mehr heraus", sagte

er. „Nicht mal eine Minimilbe. Ich bring den Beutel am besten gleich zur großen Mülltonne im Hof.“ Erleichtert stimmte ihm Frau Brettschneider zu. „Sehr tüchtig, Albert!“

Als Albi gleich darauf wieder ins Klassenzimmer kam, begann Maxi zu klatschen. Und dann klatschte Johanna. Und schließlich klatschten alle mit, sogar Frau Brettschneider. Nur Götz verschränkte die Arme vor seiner Brust. Aber keiner der Anwesenden ahnte, dass in der Bauchtasche von Albis Kapuzenpulli ein kleiner grüner Krumpfling hockte.

Tarantula Krumpfea

Bester Laune marschierten Albi und Lulu an diesem Tag nach Hause. Egon ließ sich zufrieden in Albis Kapuze schaukeln. Er war mehr als stolz auf sich! Albi hatte gar nicht geschimpft, obwohl Egon gegen ihre Verabredung aus dem Ranzen herausgekommen war. Und dass Egon in der Früh den Füller seines Freundes verbogen hatte, fand der auch nicht so schlimm, weil er noch einen zweiten besaß.

„Ich glaube, Frau Brettschneider hat die Strafe für unser Zuspätkommen ganz vergessen“, sagte Albi zufrieden, gerade als sie den Brünnleinpark durchquerten. „Sonst hätte sie uns eine Nachricht an die Eltern ins Hausaufgabenheft geschrieben.“ Dann fragte er kichernd: „Habt ihr gesehen, wie schnell Gottlieb in seiner rosa Unterhose aufs Lehrerpult gekrabbelt ist?“

Lulu sprang mit einem Satz auf eine Parkbank und riss theatralisch die Arme in die Luft. „Die Monsterspinne will mich angreifen! Hiiiiilfäää!", äffte sie Götz nach.
„Der Feiglingkaktus hat doch mehr Angst vor Spinnen als alle anderen", trötete Egon aus der Kapuze heraus. „Das hab ich gleich gemerkt. Da soll Oma Krumpfling noch mal behaupten, ich sei deppelig."
Plötzlich stöhnte Lulu auf. „Das kann doch nicht wahr sein. So ein Karpfenkack!"
Von ihrer erhöhten Position auf der Parkbank hatte sie als Erste gesehen, wer ihnen unbemerkt gefolgt war: Götz und seine drei Gefährten.

„Was will der denn schon wieder?“, fragte Egon verblüfft.
„Ich frag ihn einfach!“ Albi, der von den Ereignissen des Tages immer noch ganz beglückt war, trat mutig auf Götz zu. Er hoffte insgeheim sogar, dass Götz ihm ein Friedensangebot machen wollte. Aber da hatte er sich getäuscht!
„He, Spinnenjunge!“, giftete Götz ihn an. „Heute hast du meine Geduld ziemlich überstrapaziert.“
Maxi und Lukas bauten sich bedrohlich neben Albi auf. Götz zog eine Schere aus seiner Jackentasche.
„Dafür muss ich dich leider bestrafen.“ Er trat langsam auf Albi zu.
„Das würde ich an deiner Stelle mal bleiben lassen.“ Mit Egon in der Kapuze fühlte Albi sich absolut sicher.
„Und wieso sollte ich?“, fragte Götz mit einem belustigten Lächeln.
„Weil ich die grüne Spinne im Müllbeutel gar nicht weggeworfen habe, deswegen. Sie hat mir so leid getan“, antwortete Albi freundlich. „Und

du wirst es nicht glauben: Aus Dank für ihre Rettung folgt sie mir nun wie ein Hündchen."
Götz lachte und sagte zu seinen Freunden: „Habt ihr gehört? Unser Spinnendompteur hat den Weberknecht gezähmt!"
„Ist ja süß!", kicherte Lukas.
Aber Lulu quäkte von ihrer Bank herüber: „Ich finde sie gar nicht süß. Es ist nämlich eine ganz gefährliche Spinne. Um genau zu sein, eine vierbeinige, doppeltgiftige Tarantula Krumpfea! Ein Tropfen ihrer Spucke kann einen Bison umbringen."
Götz grinste dümmlich. „Sehr witzig!"

„Doch, Lulu hat recht. Übrigens: Spinne schreibt man mit zwei N. Und Dompteur kommt aus dem Französischen.“ Albi fing an zu buchstabieren: „D-O-M ... Achtung, jetzt kommt nämlich ein P ...“
Da verlor Götz die Geduld. Dieser eingebildete Lackaffe wagte es, ihn zu verbessern!
„Du brauchst wohl noch eine richtige Abreibung, bevor ich dir eine Glatze verpasse!“
Er steckte die Schere wieder ein und wollte Albi zu Boden schubsen. Aber in dem Moment, als er seine Hände auf Albis Brust setzte, rief der: „Krumpfea, fass!“

Da wieselte tatsächlich eine giftgrüne Spinne mit gefährlich aufgestellten grünen Stachelhaaren aus seiner Kapuze auf Albis rechte Schulter! Sie fauchte Götz aus ihrem aufgerissenen Riesenmaul böse an. Ihre spitzen Zähne funkelten weiß in der Sonne. Dann schmatzte sie … und spuckte in hohem Bogen auf den Angreifer.

Mit einem Aufschrei rannte Götz aus dem Brünnleinpark. Seine Kameraden kamen kaum hinterher.

„So kreischen möchte ich können“, sagte Lulu.

„Aber der Sprint war auch nicht schlecht“, stellte Albi fest.

Egon sagte nichts, aber er lachte, bis ihm sein Kugelbauch wehtat und sie in der Villa Artich angekommen waren.

Sechs mit Spinne für Schorschi

Als Egon am nächsten Morgen in die Krumpflingschule trabte, blieb ihm das Lachen dann aber doch im Hals stecken. Ihm wurde plötzlich ganz mulmig zumute. Er hatte am Prüfungstag unentschuldigt gefehlt – dafür würde er jetzt gleich eine donnernde Standpauke von der Sippenchefin zu hören bekommen. Es war klar, dass man das nicht durfte! Und dass ihn Professor Honigschwamm das Schuljahr wiederholen lassen würde, war auch klar.
„Klar wie Katzenspucke. Aber jetzt ist die Assel schon in den Ausguss gefallen, Egon Krumpfling“, sagte er zu sich selbst.
Dann dachte er daran, wie Götz die Flucht ergriffen hatte und an Albis glücklich strahlendes Gesicht.
„Und beim nächsten Mal würdest

du alles wieder ganz genauso machen, oder, Egon?“, fragte er sich selbst.
Egon nickte vor sich hin. Es stimmte: Er bereute nichts. Sein Freund Albi war ihm doch mehr wert als hundert wiederholte Schuljahre und ein Anpfiff von Oma Krumpfling obendrauf!

In der Schulschachtel herrschte bereits große Aufregung. Die kleinen Krumpflinge sprangen wild durcheinander und wisperten aufgeregt. Nach der Prüfung gestern hatten sich die Sippenchefin und Professor Honigschwamm in die Gastwirtschaft „Zur schimmeligen Morchel“ zurückgezogen. Dort wollten sie über die Beno-

tung beratschlagen. Und sie waren noch nicht wieder zurückgekommen!
Egon ließ sich von der Aufregung jedoch nicht anstecken, sondern verzog sich gleich hinter seine Schulbank.
Kurz nach ihm betraten der Lehrer und Oma Krumpfling die Schulschachtel und alle huschten auf ihre Dosenhocker. Professor Honigschwamm räusperte sich.
„Hört, hört!“, begann er seine Ansprache. „Nach einer außergewöhnlich langen Besprechung haben wir die Benotung gemacht, die Benotung. Das war diesmal gar nicht leicht. Aber jetzt möchte ich das Wort an unsere verehrte Oma Krumpfling übergeben, das Wort.“
Oma Krumpfling fuhr sich geschmeichelt mit der Pfote über die Fadenrollen, die sie als Lockenwickler trug.
„Nur immer her damit. Also los, ähm, ja. Viele haben sich Mühe gegeben, aber eben nicht genug. Die beste Note, die Sechs mit Spinne, bekommt ein Schüler für seinen höchst originellen

Erschrecken-im-Dunkeln-Trick." Sie rülpste laut, denn sie und Professor Honigschwamm hatten in der „Schimmeligen Morchel" während der Beratung beinahe die gesamte Vorratskammer leer gefressen und mehrere Kannen Krumpftee getrunken. Nun hatte sie einen ziemlichen Blähbauch. Sie wollte alles schnell hinter sich bringen und dann endlich ein Nickerchen machen.

Also fuhr Oma Krumpfling fort: „Dieser Schüler heißt ..."

Schorschi sah sich stolz um und deutete mit den Zeigckrallen auf sich. Er wusste natürlich, dass ER dieser Schüler sein musste.

„... Hans-Georg Krumpfling! Bravo!", rief Oma Krumpfling dann auch tatsächlich.

Schorschi japste zufrieden: „Ich hab's doch gleich gesagt, gell?"
Er hopste nach vorne und schwenkte seine Urkunde, eine alte 6-Pfennig-Briefmarke, auf die Professor Honigschwamm eigenpfotig eine Spinne gestempelt hatte, stolz durch die Luft.
Schorschi besaß ein ganzes Album voll von diesen Marken.
Die anderen klatschten. Nur Egon ließ die Löffelöhrchen hängen. Es kam alles genau so, wie er es erwartet hatte. Nun nannte Oma Krumpfling den zweitbesten Schüler, nämlich Zara, und so ging es immer weiter, bis sich Wobbel, als Vorletzter, die 2-Pfennig-Marke für seinen nicht besonders neuartigen Wegfress-Trick abholen durfte. Alle schauten jetzt auf Egon und rieben sich voller Schadenfreude die Pfoten.
„Und nun zu dir, Egon, zu dir", sagte Professor Honigschwamm. „Du bist ja immer eine schräge Nummer, aber diesmal hast du uns sozusagen aus den Latschen gekippt."
„Aus den Latschen, genau!" Zum Beweis zog sich

Oma Krumpfling einen Pantoffel von der Fußpfote und schleuderte ihn auf Egon. Der duckte sich rechtzeitig und der Pantoffel zischte knapp an seinem Ohr vorbei und prallte gegen Zwurz. „Volltreffer“, kicherte Oma Krumpfling. „Wo waren wir stehen geblieben? Ach ja. Bei Egon.“ Sie wedelte mit der letzten Urkunde.

„Na, hol dir deine Eins mit Stern, du Trollknolle!“, zischte Panko zu ihm herüber.

Mit hängenden Schultern schlurfte Egon nach vorne. Er legte die Ohren an und wappnete sich gegen das Donnerwetter, das sich nun über ihm entladen würde. Oma Krumpfling riss ihr Maul auf und schrie: „Schorschi hat wie immer die beste Note, aber du hast diesmal die ALLER-beste Note bekommen. Gratuliere, Egon Krumpfling! Schuleschwänzen am Tag der Prüfung, so eine Frechheit hat noch keiner gewagt ...“

Sie drückte ihm seine Briefmarke in die Pfote. Als Egon die Zahl darauf sah, wurde ihm schwindelig: Es war eine Sechs-Pfennig-Marke. Und sie hatte zwei Spinnenstempel! Aber als Oma Krumpfling ihn dann auch noch nach seinem Wunsch fragte, konnte er sein Glück kaum fassen.

„Ich möchte gerne in den rechten Skistiefel Größe 48 ziehen, bitte“, flüsterte er selig.

„Minimottenmatsch, ich hab's befürchtet." Oma Krumpfling rempelte Professor Honigschwamm mit dem Ellbogen in den Bauch und bückte sich hinunter zu Egon. „Der rechte Skistiefel ist blöderweise besetzt. Da wohnt jetzt Schorschi." Dann zwickte sie Egon in die Nase und sagte mit einem Glupschaugenzwinkern: „Aber wir haben ja noch den linken! Da wohnst jetzt du!"

Egon zu Besuch bei seiner Autorin Annette Roeder …

Annette: Hallo, Egon, komm rein! Ich sperr' Karli gleich in ein anderes Zimmer ... (bringt den Hund raus und kommt kurz darauf zurück)

Egon: Gut so, schaff diese zottelige Zeckentöle nur ganz weit weg! Am besten ins Tierheim!

Annette: Na, na, ich weiß ja, dass du keine Hunde magst. Aber in „Egon wird erwischt", dem zweiten Band deiner Geschichte, hat dir ein Hund doch aus der Patsche geholfen.

Egon: (wird türkis) Oh, erinnere mich ... Das war wirklich peinlich. Ich möchte mal eine Geschichte von dir, in der ich mich richtig wie ein Held verhalte.

Annette: Ich finde dich eigentlich immer heldenhaft, selbst wenn du dich blamierst. Weil du gegen deine fiese Krumpflingsnatur ankämpfst und Albi ein richtig guter Freund bist. Das ist eine große Leistung!

Egon: So habe ich das noch gar nicht gesehen... (grinst verschmitzt und zeigt auf seinen Bauch) Hast du eigentlich ein Lieblingsessen?

Annette: Oh entschuldige, ich habe dir gar nichts zu essen angeboten. Meine Leibspeise sind Pfannkuchen mit Apfelmus. Soll ich uns welche machen?

Egon: Pfannkuchen geht in Ordnung. Aber für mich lieber mit Pilz-Füllung. Und eine heiße Tasse Krumpftee wär fein dazu.

Annette: Gut, dann lass uns für den Tee noch schöne Schimpfwörter sammeln. Schmeißfliegenpopo! Bräsige Bartagame! Weichgespülter, knatternder Windelpupser!

Egon: (streckt die Arme aus und sammelt alles sein) Danke, reicht schon! Das wird ein Festschmaus!

Annette Roeder

Die Krumpflinge – Egon zieht ein!

72 Seiten, ISBN 978-3-570-15858-6

Die junge, dreiköpfige Familie, die in die alte Villa gezogen ist, streitet und schimpft nie miteinander! Doch genau das wird für die Krumpflinge zum Riesenproblem: Innerhalb kürzester Zeit ist der kostbare Krumpftee aufgebraucht! Um den Vorrat wieder aufzufüllen, soll jetzt Egon nach oben zu Familie Artich ziehen und dort mit allerhand Streichen dafür sorgen, dass ordentlich gestritten, geschimpft und geflucht wird. Egon nimmt die Herausforderung an, aber nicht alles läuft so, wie die Sippenchefin sich das vorgestellt hat …

8294

www.cbj-verlag.de

Annette Roeder

Die Krumpflinge – Egon wird erwischt!

72 Seiten, ISBN 978-3-570-15859-3

Nachdem Krumpfling Egon sich dem Menschenjungen Albert aus Versehen gezeigt hat, sind die beiden allerbeste Freunde geworden und verbringen sehr viel Zeit miteinander. Doch dann funkt Lulu, das Nachbarmädchen, dazwischen und lädt Albert zu sich nach Hause ein – natürlich ohne Egon! Krumpfling Egon wird rasend eifersüchtig. Er schmiedet finstere Pläne und lässt nichts unversucht, seinen Spielkameraden Albert wieder für sich allein zu haben. Doch auch dieses Mal kommt es anders als Egon geplant hat.